吉卜力工作室的

各式各樣的生物

吉卜力工作室　監修
德間書店童書編輯部　編

詳細介紹出現在
吉卜力動畫長片中的生物

俗稱「火之七日」的大戰將文明付之一炬後過了一千年，地球上有了一種名叫腐海的森林，裡面的植物會釋放出瘴氣。腐海是「蟲族」們的棲息之所。人類在腐海森林外圍僅存的土地上建立王國，在腐海的瘴氣和蟲族的威脅下過生活。

王蟲是擁有十四隻眼睛和許多隻腳的群蟲之王。從卵孵化出來時，體長大約數十公分，經過不斷脫殼、成長，最後會長到超過七十公尺。

1984年 風之谷

王蟲

― 眼睛 ―

眼睛平時呈藍色，一生氣便染成通紅；一旦昏厥、死去，眼睛就會暗淡失色。

生氣時。

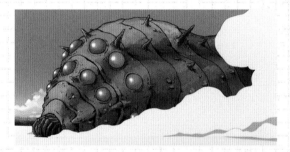

昏厥時。

― 觸手 ―

王蟲的金色觸手具有療傷、起死回生的神奇力量。

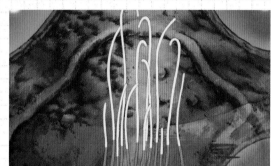

從嘴巴附近伸出觸手。

― 脫下的殼 ―

王蟲脫下的殼比鐵或陶瓷還要堅硬，成為製作武器、工具等材料。

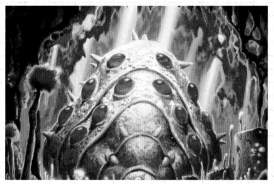

― 成群的王蟲 ―

人類曾多次試圖用火燒光腐海，但每次王蟲都會憤而大軍壓境，將王國和城鎮滅亡。

腐海的群蟲

牛虻

擁有巨大的身軀和顎，一感覺有危險便振動下顎發出聲響，威嚇敵人。

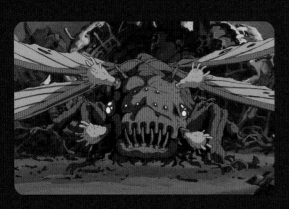

大王蜻蜓

有「森林哨兵」之稱，當腐海中有蟲接近危險時，會立刻召集其他的蟲過來。藍綠色的瘦長身軀，與人類一般大小。

蛇螻蛄

大而扁平的身軀外觀一節又一節，像蛇身一樣長。具有如鍬形蟲般的大顎和銳利的牙齒。

蓑鼠

蛇螻蛄的幼蟲。身軀有如肥胖的毛毛蟲，嘴角有兩支獠牙。

成蟲蛇螻蛄沒有類似腳的構造，但蓑鼠有短小的足部，用來在地面爬行。

在腐海沒戴面具的話，會因植物釋放的瘴氣中毒而死，但腐海底部空氣清新，美麗的藍木參天，有著澄澈的水。

娜烏西卡在腐海底部發現了腐海的祕密。腐海森林是為了淨化遭到人類污染的水和土壤才會形成。群蟲則是在守護這片森林。

不可思議的地方……

娜烏西卡從以前就很想知道腐海生成的原因，時不時便進入腐海研究腐海裡的植物。

很喜歡娜烏西卡的小狐松鼠。小狐松鼠通常不會接近人類，可是迪多總是和娜烏西卡在一起。

1984年 風之谷

迪多

迪多經常騎在娜烏西卡的肩上。

卡伊和古伊

猶巴的鳥馬。鳥馬擁有像鳥一樣的腳和喙，是和馬一樣的交通工具。

卡伊和古伊與「腐海第一劍客」猶巴一同去旅行。猶巴同時也是娜烏西卡的老師，為了解開腐海之謎不斷地旅行。

巨神兵

巨大產業文明製造出的最後武器。在「火之七日」戰爭中毀滅了世界。一般認為巨神兵早已變成一堆化石，不料卻在小國培吉特的地底下發現碩果僅存的一具巨神兵，並被挖掘出來。

巨神兵的化石。

燒光他們！

大國多魯美奇亞的公主庫夏娜從培吉特搶走巨神兵，並讓它復活，但巨神兵卻全身潰爛，漸漸瓦解。

機器人

傳說中，從前有座漂浮在空中的小島叫拉普達。拉普達人利用卓越的科學技術，打造各種功用的半有機體機器人。有戰鬥用的機器人、園藝用的機器人等。

拉普達靠著巨大飛行石的力量漂浮在空中。

機器人兵

有一天，機器人兵從天而降。政府得知傳說中的小島拉普達真的存在後，為了尋找拉普達，擄走拉普達王國的繼承人，亦即握有「飛行石」的少女希達。

希達一唸出奶奶教她的古老咒語，項鍊墜子——飛行石——立刻發出光束，喚醒機器人兵。

閃動位於臉部中央的兩個發光體，即可與人類進行溝通

這裡會射出強光

手臂變形成翅膀後也可以飛翔

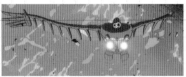

希達的項鍊墜子發出的光束與機器人兵胸口的徽章連成一線。機器人兵一直試圖保護公主希達。

身體是由一種叫做「記形彈性高精密陶瓷」的材料製成

飛行時會變成噴射口

胸口上有著和希達的項鍊墜子一樣的徽章

園藝用機器人

　名叫巴魯的少年救下希達，兩人終於抵達拉普達，出來迎接希達的是園藝用機器人。園藝用機器人一直守護著現今已無人居住的拉普達。

　　轟立在草原中央的巨樹根部有座墳墓。機器人採花來給希達，讓她供在墳上。

謝謝……

與機器人兵的
顏色不同，手臂上也
沒有飛行用的突起物

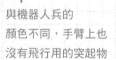

魚

拉普達的生物

拉普達裡有各式各樣的生物棲息。

蓑之蟲

原始哺乳類。

小狐松鼠

小狐松鼠是園藝用
機器人的好朋友。

9

龍貓

　　比人類更早以前就居住在日本的神奇生物。以橡果子等樹木的果實為食，逍遙自在地居住在森林裡。平常人類的肉眼看不見牠們。體型巨大的差不多兩公尺高，小的大約狸貓寶寶的大小。龍貓是小梅為牠們取的名字。

　　小梅是個四歲小女孩。她第一次見到龍貓時問道：「你是誰？」龍貓回答：「To－To－rororororo」，小梅便以為龍貓的名字叫「Totoro」。

龍貓們喜歡在月夜吹陶笛。

大龍貓

白天大概都在大棵樟樹根部的大洞裡睡覺。

灰色長毛

中龍貓和小龍貓白天有時會外出採集橡果子。

中龍貓

藍色的毛

白色的毛

手、腳都有長長的爪子

胸前的紋樣與大龍貓相同

小龍貓

11

貓巴士

龍貓們搭乘的貓巴士。人類雖然看不見，可是當貓巴士從身旁經過，會感覺一陣旋風吹來。可以奔馳在空中和水面上。

去尋找小梅時。

會依目的地更換標示

老鼠燈

夜間行駛時，閃閃發亮的眼睛就像是頭燈。

在電線上照樣奔馳，小意思！

車裡鋪滿蓬鬆柔軟的貓毛

灰塵精靈

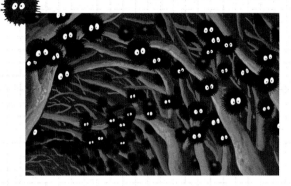

外形如栗子毬果般的黑色
生物。喜歡暗處，在無人居住的
空屋裡安居落戶，讓屋裡滿布煤
灰和塵埃。但其實是很溫順的生
物，不會對人類使壞。

有十二隻腳

小梅和姊姊皋月搬到老房子後，頭一
次見到灰塵精靈時好驚訝。兩人叫灰塵精
靈「黑嬤嬤的黑助」。

13

龍貓乘著陀螺在夜空中盤旋。月光皎潔的夜晚，小梅和皋月牢牢抓住龍貓的肚子，一起遨遊天際。

（上）雨天的傍晚，小梅和皋月在公車站等父親時，龍貓突然現身。
（中）龍貓住在大樟樹底下的神奇洞穴裡。
（下）龍貓在樟樹頂上用力一吼，貓巴士隨即前來。

螢火蟲

第二次世界大戰期間的1945（昭和20）年，父親上戰場打仗，母親又遭遇空襲身亡，十四歲的清太和四歲的節子於是開始住在池塘邊的坑道式防空洞裡。一到晚上，沒有電的防空洞裡一片漆黑。清太捉來許多螢火蟲，一放飛便發散出美麗的螢光。不過兩人的生活並沒有持續太久。

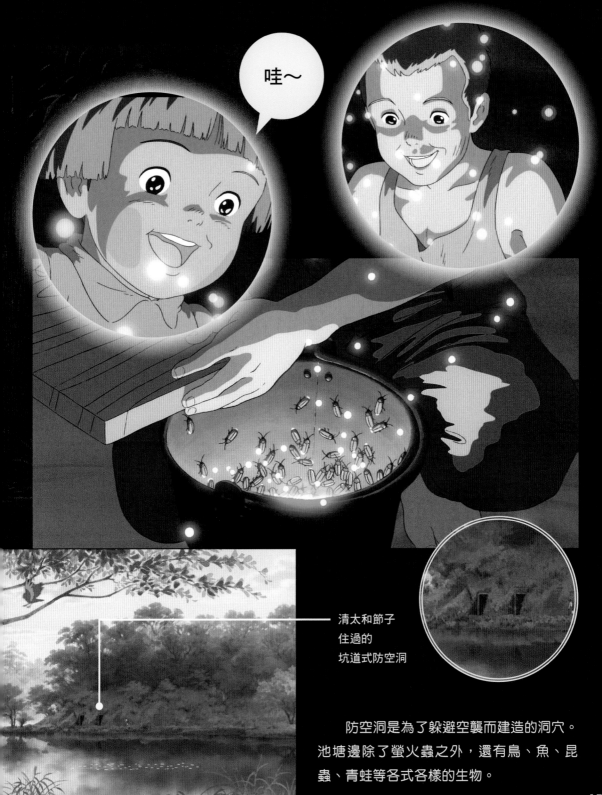

哇～

清太和節子
住過的
坑道式防空洞

防空洞是為了躲避空襲而建造的洞穴。
池塘邊除了螢火蟲之外，還有鳥、魚、昆
蟲、青蛙等各式各樣的生物。

吉吉

吉吉是十三歲的雄貓。牠和小女巫琪琪一起長大。女巫家庭一旦有女兒出生，就要找一隻同時期出生的黑色雄貓一起撫養。吉吉會和琪琪說話。

小女巫長到十三歲，為了修行必須離開家鄉，到遠方的城市獨自生活一年。十三歲的琪琪於是和吉吉一同啟程，來到有海鷗飛翔的大港口。

好燙!!

因為怕燙，不敢吃熱的東西。

琪琪展開新生活的克里克鎮。

琪琪開始在克里克鎮從事快遞工作。第一次要送達的物品是鳥籠。不料卻在途中遺失了放在鳥籠裡的黑貓布偶。

裡面有我……

布偶和吉吉長得一模一樣。

琪琪去找黑貓布偶時，由吉吉當替身。

拜託了！
找到後我會馬上救你出來！

一定要找到喔！

傑夫

鳥籠遞送地點人家所飼養的大老狗。

傑夫識破吉吉是真貓不是布偶後，保護了吉吉。

莉莉

吉吉的女朋友。

約會中。

當了爸爸的吉吉。

19

狸

　　人們從以前就一直認為狸具有神奇的力量。會變身、讓人看見幻影，或變成人類。人們將狸這類事蹟編成各式各樣的故事。這個故事的主角就是一群居住在東京多摩丘陵的狸。

這是我們眼中看到的狸。

平時會用兩隻腳站立，像人一樣過生活。

故事中登場的狸。

權太　阿玉　小清　朋吉　玉三郎　文太

正吉

人類將狸長年棲息的多摩山剷平，展開新市鎮的開發計畫。狸群為了阻止這項開發計畫，利用「變身術」向人類發出戰帖。

多摩的開發計畫持續推進，山被剷平。

變成燒水的鍋子

年邁的火球婆婆教導年輕一輩變身術。

變身

狸可以變身成動物、物品、妖怪等各式各樣的東西。根據火球婆婆的說法，「低階的變身叫『擬態』，變色龍之流的也會，但『變身術』可是除了我們之外，只有狐狸和一小部分的貓才學得會」。而要變身成人類尤其困難。

變人變失敗！

下半身還是狸

動作很奇怪

只有臉變成人

臉還是狸

迷惑人類

　　還能變換四周景致，也能讓人彷彿看見
並不存在的事物。那雖然只是幻影，卻能嚇
人，使人上當。

小姐，妳
怎麼了？

無臉怪……

呀──!!

狸群覺得自己的幻術可以輕易騙到人類
很有趣，便接二連三出來鬧事。

在狸群的努力下，發
生在多摩地區的怪異
事件登上電視新聞和
報紙，聲名大噪。即
使如此，開發計畫依
然仍未喊停。

23

1994年 歡喜碰碰狸

不久，新市鎮蓋起高樓，人類開始住進來。被逼得無路可退的狸群，從遙遠的四國請來狸群中著名的長老，決意執行「妖怪作戰計畫」。

妖怪作戰計畫

夜晚，奇怪的生物一個接一個出現在新市鎮，大鬧新市鎮。

由四國遠道而來的三長老坐鎮指揮妖怪作戰計畫。

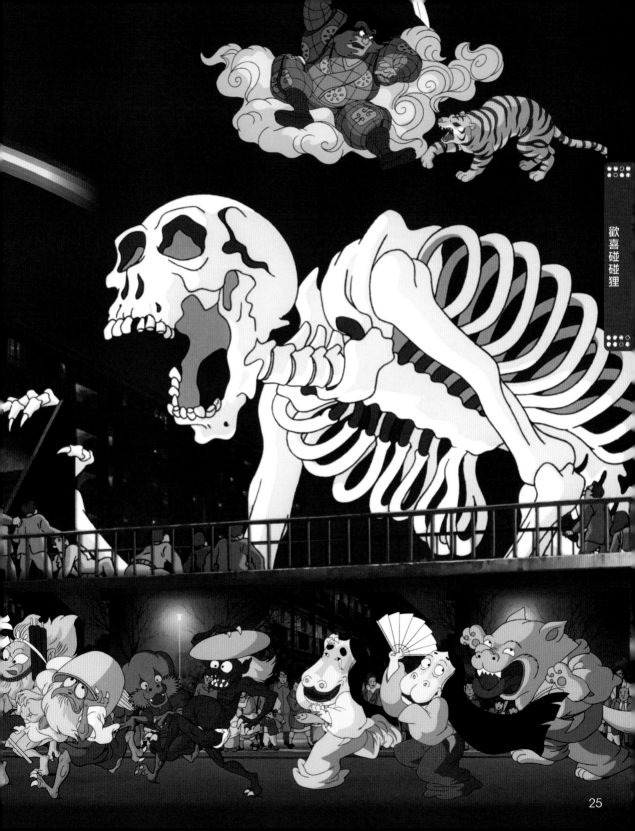

歡喜碰碰狸

阿月

　　遊走在各處人家的圓滾滾的胖貓。中學三年級的月島雯在電車上巧遇阿月，便跟在牠後頭，發現了一家奇怪的店，名叫地球屋。

貓會搭電車！雯感覺好像有什麼奇怪的事要發生，漸漸興奮起來。

因為阿月，雯與念同一所中學的天澤聖司變成了好朋友。

地球屋裡有滿滿的老家具和擺飾等。桌上有具漂亮的貓玩偶。

男爵

地球屋裡的貓玩偶。真正的名字是佛貝
魯特・馮・吉金肯男爵。

> 來吧，
> 我陪您一同去
> 尋找青金石礦

雯在幻想中和男爵一起同遊
奇幻世界。後來她根據那幻
想，開始創作以男爵為主角
的故事。

故事是這樣寫的：

「我和我的未婚妻露易絲誕生在一個遙遠的異國城市。魔法
在那座城市裡依然有效；流著魔法師血液的職人的工作室接連成
排。」

「製作出我們的是一位學習玩偶製作的窮學徒。不過露易絲
和我很幸運。因為他在我們身上注入愛人之心。」

「然而……」

故事中還出現這樣一隻
看來不懷好意的惡貓。

27

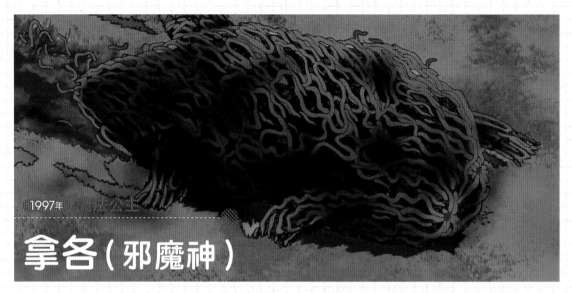

拿各（邪魔神）

被人類傷害的山豬神，因痛苦和對人類的怨恨，化身為邪魔神。全身布滿如黑蛇一般的觸手。

阿席達卡為了保護村莊，拿箭射向邪魔神，邪魔神於是伸出觸手緊緊纏住他的右手。

卑鄙的人類。最好也讓你們嘗嘗我的痛苦和怨恨⋯⋯

邪魔神中了村裡年輕人阿席達卡的箭，恢復山豬神的模樣後，氣絕身亡。

亞克路

俗稱紅鹿的大型長鬃山鹿。與主人阿席達卡一同出發去旅行。

阿席達卡右手上留有令人害怕的斑痕。斑痕不消的話會要人命。阿席達卡為了解除魔咒於是朝邪魔神前來的遙遠西方出發。

阿席達卡抵達的西方國度有一片深邃的森林，人稱「山獸神之森」。巨大的野獸們自太古時代就一直在那裡生活。

莫娜

三百歲的母狼神。擁有高深的智慧，會說人類的語言。將魔法公主小桑當作親生女兒般撫養長大。一直守護著山獸神之森，痛恨試圖開墾森林的人類。

莫娜之子

會說人類語言的野狼兄弟。保護小桑，和小桑一起對抗人類。

破壞森林的人類為擺脫莫娜追擊，將襁褓中的嬰兒扔給莫娜，那就是小桑。長大後的小桑視莫娜為「母親」，憎恨人類。

1997年 魔法公主

乙事主

　　鎮西（九州）的山豬神，會說人類的語言。高齡五百歲，是最大的長老，率領其他山豬神與人類作戰。

畫上圖騰，對人類發動戰爭的山豬們。小桑和野狼兄弟也併入牠們的隊伍。

種樹、種樹、種樹

除掉人類，森林也回不來

好想殺掉人類

白天則潛伏在森林深處。

猩猩

　　體型比日本獼猴大的大型靈長類。為了恢復森林原貌，一到晚上便聚集在遭人類剷平的山裡種樹。

山獸神

據說山獸神的頭顱具有不老不死的力量，人們因而
想要奪取他的頭顱。

能給予生物生命或令其死亡的
神獸。誕生於看不見月亮的新月之
夜，隨著月亮的圓缺不斷地誕生和
死亡。

擁有像樹枝一樣的角，在水面上也能行走。

魔法公主

乙事主／猩猩／山獸神／木靈

木靈

如精靈一般，住在豐饒的森林裡。有著淡綠
色、半透明的身體。據說他會喀噠喀噠地轉頭，
呼叫山獸神。

螢光巨人

山獸神晚上的樣子。以半透明的巨大身軀，在夜晚的森林裡四處走動。

螢光巨人的身上有花紋，體內會如星辰似地閃爍著藍光。

喀噠喀噠、喀噠喀噠，
整座森林裡的木靈一齊
轉動頭部。

隨著黎明到來，螢光巨人會
如同被吸進去似地逐漸消失
在樹海的大洞裡。這裡正是
山獸神的棲息處。

波奇

山田家養的狗。總是一副不開心的樣子，叫牠不回應，不會搖尾巴，也不會握手，有時還會突然咬人。

不喜歡散步。

不喜歡寒冷。

山田家所有人都喜歡波奇。

也不喜歡有人逗牠。

2001年 神隱少女

　　千尋是個十歲小女孩。誤闖奇異世界的千尋獲得名叫白龍的神祕少年幫助，在俗稱油屋的澡堂裡幹活。那是一間各路神明都會去洗淨一身疲憊的公共澡堂。

紅牆、綠屋頂、巨大煙囪。千尋抬頭仰望如宮殿般、不可思議的建築。

蛙男們在油屋的門口迎接客人。千尋跟著白龍走入油屋。

湯婆婆會用奪走名字的方式控制對方。千尋的名字被她改成「小千」。

　　掌管油屋的是一位名叫湯婆婆的女巫。湯婆婆會變身成大蝙蝠。

湯婆婆蝙蝠

神隱少女

湯婆婆蝙蝠

35

油屋的佣人們

鍋爐爺爺

在油屋的鍋爐室工作的老人，負責調控藥浴用的熱水。有六隻手臂，可隨心所欲地伸長。

藥浴吊牌：由浴場送出吊牌，指示要用哪一種藥浴

碾藥器：把生藥材放入器皿，轉動附有轉軸、如車輪狀的工具把它磨碎

裝有藥浴用的生藥材

牆上的抽屜裡也存放各種各樣的生藥材

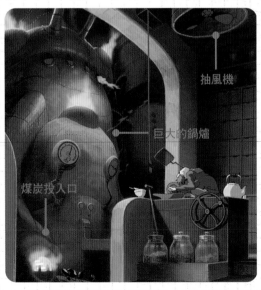

抽風機

巨大的鍋爐

煤炭投入口

小煤球

幫忙鍋爐爺爺把煤炭送進鍋爐。

煤炭：比外表看上去要重得多

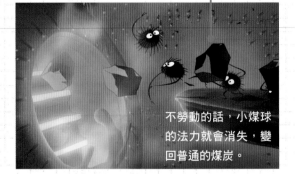

不勞動的話，小煤球的法力就會消失，變回普通的煤炭。

兄役

協助父役統領
蛙男的大蛙。

父役

在油屋工作的
蛙男中地位最高的
大蛙。

收銀蛙

坐在澡堂收銀台上
的大蛙。依客人——神
明——的情況選定藥浴
的種類。

青蛙

在油屋工作的蛙男。維持青蛙原
來的樣子。

湯女

負責照料油屋客人的蛞蝓女。

小玲前輩會關照在油屋工作的
千尋。

來油屋光顧的眾神們

御腐大人（河神）

　　猶如一大坨淤泥的身軀、會發出惡臭的腐敗之神。不過，他其實是受到人類亂丟垃圾污染的河川之神。

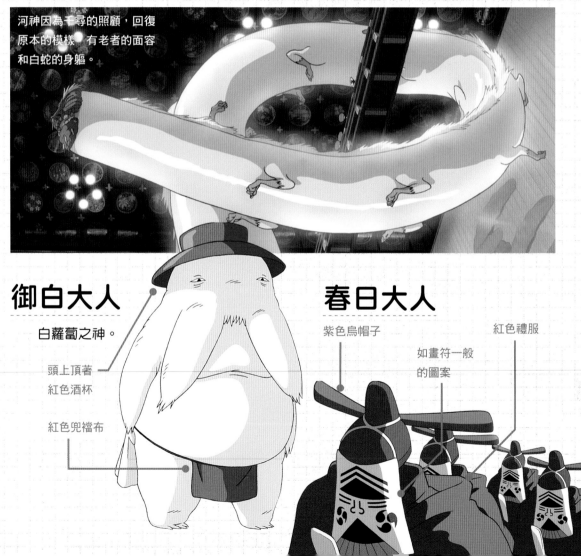

河神因為千尋的照顧，回復原本的模樣。有老者的面容和白蛇的身軀。

御白大人

白蘿蔔之神。

頭上頂著
紅色酒杯

紅色兜襠布

春日大人

紫色烏帽子

如畫符一般
的圖案

紅色禮服

鵬大人

雛鳥之神。

牛鬼

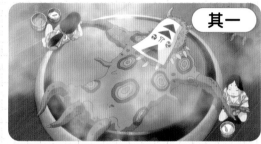

其一

其二

御生大人

無臉男

神祕男子。只能借吞下肚的人的聲音說話。千尋當無臉男是客人，請他入內，結果把油屋搞得天翻地覆。

無臉男狂啖大餐，身形變得愈來愈大。

兄役和湯女也被他吞下肚。

災禍蟲

湯婆婆用來操控門徒白龍的蟲。

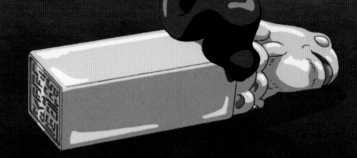

災禍蟲底下的印章為
湯婆婆的孿生姊妹錢
婆婆所有。

頭

湯婆婆房間裡的三
顆老頭子頭。

一邊發出「喂、喂」
聲,一邊四處跳來跳
去。

喂、喂

喂、喂

喂、喂

湯Bird

長相和湯婆婆一模一樣的大鳥，負責警戒。

鼠寶寶和蠅鳥很喜歡千尋，和千尋一起去找錢婆婆。

蠅鳥

湯Bird因錢婆婆施法術變成的鳥。

鼠寶寶

湯婆婆的巨嬰兒子因錢婆婆的法術變成的小鼠。

錢婆婆雖然和湯婆婆長得一模一樣，但親切地接待千尋他們。

寶寶是個巨嬰。

41

白龍

白龍的另外一個面貌。

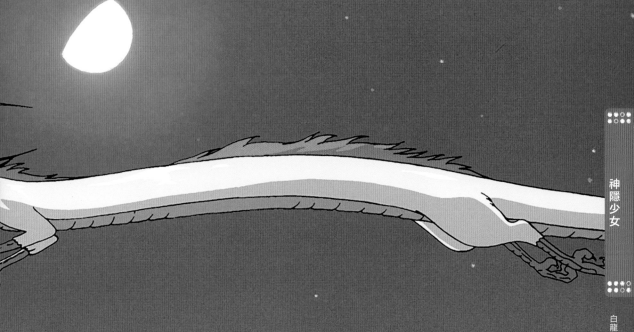

千尋乘著白龍在夜空飛翔，憶起兒時失足跌落河裡的往事。白龍真正的名字是賑早見琥珀主，也就是琥珀川之神。

找回真名的瞬間，白龍身上的鱗片立刻剝落，變回少年的模樣。

高中生小春有一天救下一隻差點被卡車輾過的貓。由於那隻貓是貓國的王子，小春因而被捲入奇怪的事件中。

貓國的貓咪們

貓王為答謝小春拯救王子，來到小春家。貓王打算讓王子娶小春為妻。

貓王 統治貓國、任性的國王。

納多里
貓王首席祕書。

特勤貓
貓王貼身護衛。

負責體力勞動的虎斑貓。

納多魯
貓王第二祕書。

貓咪事務所的伙伴

可能被帶往貓國的小春求助於貓咪事務所，據說貓咪事務所會幫人解決奇怪的問題。

哇啊……，好漂亮的房間

來，請進！

男爵

貓咪事務所的主人。本名是佛貝魯特・馮・吉金肯男爵。

在人類的世界以玩偶的模樣示人。

路恩

貓王的兒子，也就是貓國王子。

路恩前往人類世界尋找送給小雪的禮物，結果差點被卡車撞到。

到了貓國的小春開始漸漸變成貓……。

小雪

路恩的女朋友，在貓國擔任侍女的白貓。

小雪原本是隻流浪貓，小春念小學時曾餵她吃過餅乾。

看門貓

路恩的親衛隊

貓樂團　技藝貓

貓士兵

廚師

貓宮女

侍女貓

姆達

男爵的伙伴，胖得像豬一樣的貓。

多多

男爵的伙伴，是隻烏鴉。

在人類世界以滴水嘴獸（雕像）的模樣示人。

霍爾的移動城堡

十八歲的蘇菲被荒野女巫施咒變成九十歲的老太婆後，開始在魔法師霍爾的城堡裡生活。霍爾的城堡有四隻腳，是一座會到處移動的魔法城堡。

蘇菲和稻草人蕪菁一到荒野，巨大的霍爾城堡便來到面前。

卡西法

住在霍爾城堡壁爐裡，讓城堡可以移動的火惡魔。與霍爾訂下不能離開壁爐的契約，因此渴望獲得自由。

霍爾也會利用卡西法烹煮食物。

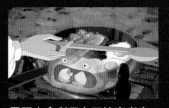

霍爾用平底鍋煎培根和蛋，同時把蛋殼扔給卡西法，卡西法吃得津津有味。

霍爾和卡西法的契約

卡西法是誕生自流星的「星之子」。霍爾將心臟交付給他，讓他成為火惡魔，條件是作為霍爾城堡移動的動力源。

霍爾接住星之子跟他說話，接著一口氣把他吞下去。

霍爾的胸口冒出紅色火燄。星之子變成了火惡魔卡西法。

用單腳彈跳的方式移動。「蕪菁」是蘇菲幫他取的名字。

稻草人蕪菁

頭部用蕪菁做成的稻草人。被淹沒在荒煙蔓草中，因蘇菲而得救，大概是為了報恩吧？從此便跟隨著蘇菲。

而稻草人蕪菁的真實身分是……。

因因

一隻會發出像是打噴嚏的聲音的老狗。莎莉曼夫人的使喚犬，不知為什麼，很喜歡蘇菲。

莎莉曼夫人是蘇菲等人居住的史柏麗王國的宮廷魔法師，同時也是傳授霍爾法術的老師。

蘇菲要去王宮見莎莉曼夫人，因因為她帶路。對蘇菲下咒的荒野女巫也來到，一同前往王宮。為荒野女巫抬轎的是橡膠人。

歐塔瑪人

莎莉曼夫人的手下，即王室方橡膠人的變種。身體長得像蝌蚪，擁有翅膀，會在天空飛。

歐塔瑪人攻擊在濕地花田裡的蘇菲和霍爾。

橡膠人

　　魔法師的爪牙。黑色的身體有如橡膠一般能伸能縮，能改變身體的大小，也能穿壁鑽牆。

穿著王國軍裝、屬於莎莉曼爪牙的橡膠人。

攻擊蘇菲和霍爾、屬於荒野女巫爪牙的橡膠人。

偷窺蟲嗎？
莎莉曼這老狗
也變不出
新把戲了

偷窺蟲

　　莎莉曼夫人下令潛入蘇菲家、意圖打探情況的像蛇一樣的黑蟲。

被莎莉曼奪去法力，變成普通老太婆的荒野女巫發現偷窺蟲後，拿去餵卡西法。

龍

　　故事發生在「地海」，又稱「多島海世界」，廣闊的海上有眾多島嶼。法術在那裡依然有效，還有太古時代的生物——龍。

英拉德王國的王子亞刃離開故鄉，遇見偉大的巫師格得後，和他一起去旅行。

亞刃騎著長年不曾與人類打交道的龍
在天空飛翔。

龍

波妞

　　紅色金魚小女孩。父親藤本將她取名為布倫希爾蒂，在海裡長大，但她卻離家出走。她在海邊遇見宗介，得到「波妞」這個名字。波妞非常喜歡宗介，於是變成人類的小女孩，出現在宗介面前。

好大的火腿！

宗介是個五歲小男孩。在海邊發現波妞後帶她回家，很疼愛她，不料波妞卻被藤本帶回去。

　　藤本捨棄陸地到海裡與海中生物共同生活，同時進行海洋生態復育研究，要讓海洋回復到人類誕生以前、充滿豐富生命的狀態。

半魚人的波妞

波妞因為舔了宗介傷口上的血而變成半魚人。

波妞喜歡宗介。波妞要變成人！

變成人類的波妞

波妞利用魔法的力量，變成人之後要去找宗介。

波妞的妹妹們

一群和波妞一起長大的金魚女孩。她們最愛姊姊，總是為姊姊加油打氣。

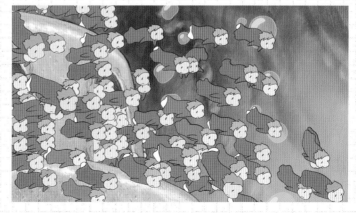

2008年 崖上的波妞

海中生物

海裡充滿各式各樣的生物。

水母

一般認為水母能淨化海水。波妞就是乘著水母來到海邊的。

浮游生物

在海中漂浮的小生物，是小魚的食物。波妞也會大口吞食浮游生物。

大王烏賊

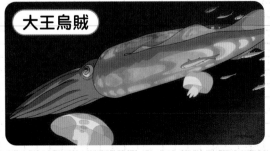

住在深海裡的巨大烏賊。

三葉蟲

古生代（約五億九千萬年前～約兩億四千八百萬年前）的節肢動物。如今只留下化石，但據說藤本用「生命之水」讓三葉蟲復活了！

古代魚

藤本的「生命之水」導致小鎮沉入海中，泥盆紀（約四億八千萬年前～約三億六千萬年前）時代的魚類重新出現。

喙肺魚

溝鱗魚

帝波鯰克斯

溝鱗魚和喙肺魚是古代真實存在的魚；帝波鯰克斯則是宮崎駿導演創造出來的生物。

波妞的母親。很久很久以前就一直守護著海洋中的生物。

曼瑪蓮

水魚

　　利用魔法的力量將生命注入水中而誕生。身體就是水，所以可以自由變換外形和大小。在宗介看來是魚的模樣。

波妞靠著由妹妹們變身成的水魚幫忙，來到宗介身邊。

尼亞

尼亞起初看到艾莉緹就追,可是當艾莉緹與翔變成好友後,便開始會幫助艾莉緹。

尼亞很喜歡翔。翔因為心臟不好,來到親戚的老房子療養身體,因而發現了艾莉緹。

尼亞和烏鴉的感情很不好,經常吵架。

小蟲們

小矮人艾莉緹一家人生活的地板下方有各式各樣的蟲。

團子蟲

灶馬

螞蟻

蟑螂

第一次外出「借物」的艾莉緹,險些遭到蟑螂攻擊,虛驚一場。

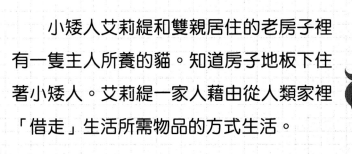

小矮人艾莉緹和雙親居住的老房子裡有一隻主人所養的貓。知道房子地板下住著小矮人。艾莉緹一家人藉由從人類家裡「借走」生活所需物品的方式生活。

艾莉緹拿蜷成一球的團子蟲來玩。

蟲・鳥・野獸

從竹子裡誕生的輝耀姬在充滿各種生物的山村無拘無束地長大。

雨蛙

紋白蝶

油蟬

雉雞

七星瓢蟲

瓜仔（山豬的小孩）

蛇

鈴蟲

冠魚狗

鹿

松鼠

輝耀姬長成亭亭玉立的少女，上京住進氣派的宅邸後，依然念念不忘故鄉的山林和生活。

作品介紹（依電影公開放映順序）

少女的愛呼喚了奇蹟

[P.02~07]
風之谷

公開放映：1984年3月11日
原著、編劇、導演：宮崎駿

巨大的工業文明因一場被稱為「火之七日」的大戰毀於一旦。此後大約一千年，由一種會產生瘴氣的菌類構成的「腐海」幾乎要吞噬整個地球。生活在「風之谷」的女孩娜烏西卡會駕馭風，與蟲交心，與大自然共生。儘管無端被捲入人類之間的紛爭，但娜烏西卡為了拯救地球，憑一己之力起身應戰……。

一日，有位女孩從天而降……

[P.08~09]
天空之城

公開放映：1986年8月2日
原著、編劇、導演：宮崎駿

男孩巴魯是名實習機械工，有一天他救了一位從天而降的女孩。這名女孩名叫希達，是拉普達王國的王室後裔。空中海盜和政府特務機關都覬覦希達手中握有的神祕「飛行石」。希達與心靈相通的巴魯兩人一起朝著曾經統治地上諸國的傳說之島拉普達前進。

也許日本還存在
這樣奇怪的生物

[P.10~15]
龍貓

公開放映：1988年4月16日
原著、編劇、導演：宮崎駿

「這太好了，爸爸一直夢想能住在鬼屋」——說出這樣的話的父親有兩個女兒，分別是小學六年級的皋月和四歲的小梅。兩人遇見奇怪的生物龍貓。據說不久以前，森林裡有這樣奇怪的生物。不，如果用心尋找，相信現在還有。也許吧。

想要活下去的四歲和十四歲的兄妹

[P.16~17]
螢火蟲之墓
（港譯：再見螢火蟲）

公開放映：1988年4月16日
原著：野坂昭如
編劇、導演：高畑勳

昭和二十年，神戶遭到B29的轟炸燒得一片精光。在空襲中失去母親的年幼兄妹清太和節子開始不依靠任何人地獨立生活。生活雖然清苦，卻仍然洋溢著歡笑。清太和節子竭盡全力要活下去，然而……。藉由動畫描繪野坂昭如原著中的世界。

儘管有時會陷入低潮，
但我活力滿滿

小女巫一旦年滿十三歲就必須出外修行一年，以成為正式的女巫。十三歲的女巫琪琪於是帶著黑貓吉吉來到海邊城市克里克，在這個她初次造訪的大城市裡做起「快遞」工作。一邊經歷孤獨和挫折，一邊也在人際互動中逐漸成長。

[P.18～19]
魔女宅急便

公開放映：1989年7月29日
原著：角野榮子
編劇、導演：宮崎駿

即使是狸，也很努力地生存

狸群面臨失去世代棲息土地的危機，要復興祖先流傳下來的變身術，向人類發出戰帖。「我們必須把人類趕出這片土地，趕出一個是一個」。那麼結果如何呢？雖然精神可嘉又令人同情，但就是一群脫線的狸。呵呵呵。

[P.20～25]
歡喜碰碰狸
（港譯：百變狸貓）

公開放映：1994年7月16日
原著、編劇、導演：高畑勳

我有了喜歡的人

月島雯是個中學三年級、愛看書的女孩。雯認識了立志成為小提琴名匠的天澤聖司，對他的人生態度深感敬佩。於是自己也開始寫起小說，主角是聖司的祖父西老人經營的「地球屋」裡的貓玩偶「男爵」。「地球屋」是間修理和販售古家具、機械鐘等的店。

[P.26～27]
心之谷
（港譯：夢幻街少女）

公開放映：1995年7月15日
原著：柊葵
編劇：宮崎駿
導演：近藤喜文

活下去！

從前，為了爭奪神獸山獸神的頭顱，這個國家曾經發生過大戰。阿席達卡和少女小桑在這悲慘的事件中相遇。小桑雖是人類的小孩，卻是被棲息在森林深處的野獸撫養長大的「魔法公主」……。故事描寫日本中世紀室町時代，凶暴的森林諸神與人類的戰爭。

[P.28～33]
魔法公主
（港譯：幽靈公主）

公開放映：1997年7月12日
原著、編劇、導演：宮崎駿

[P.34]
隔壁的山田君

公開放映：1999年7月17日
原著：石井壽一
編劇、導演：高畑勳

閤家平安是全世界共同的願望

松子、隆、昇、野野子和繁，同時不能忘記小狗波奇。由五個人加一條狗組成的超級懶散家庭交織出有歡笑、淚水和感動，還有呢——那個不予置評的每一天。凡是日本人，肯定都曾經歷過，或是感同身受的無數小故事。石井壽一的四格漫畫出動！

[P.35~43]
神隱少女
（港譯：千與千尋）

公開放映：2001年7月20日
原著、編劇、導演：宮崎駿

隧道的另一端有個不可思議的小鎮

十歲女孩千尋誤闖由湯婆婆掌控的奇異小鎮。為了拯救被變成豬的雙親，潛藏在千尋內在的「生命力」漸漸被喚醒。「請讓我在這裡工作」。千尋用「小千」這個名字開始在湯婆婆手下做事。

[P.44~45]
貓的報恩
（港譯：貓之報恩）

公開放映：2002年7月20日
原著：柊葵
企畫：宮崎駿
編劇：吉田玲子
導演：森田宏幸

變成一隻貓好像也不錯？

小春是個平凡的高中女生。曾經救了一隻差點被汽車輾過的貓，由於那隻貓是貓國的王子，貓王於是邀請小春到貓國作客以為報恩。就在小春心想「就這樣變成貓或許也不錯……」的瞬間，她真的慢慢地變成一隻貓了。後來小春試圖借「貓咪事務所」所長男爵等人的力量，回到原本生活的世界……。

[P.46~49]
霍爾的移動城堡
（港譯：哈爾移動城堡）

公開放映：2004年11月20日
原著：Diana Wynne Jones
編劇、導演：宮崎駿

兩人生活在一起

十八歲的蘇菲原本打理著死去的父親留下來的帽子店，卻被來到店裡的荒野女巫下咒，變成一個九十歲的老太婆。蘇菲離開家，朝荒野走去。當她走在黃昏將近的荒野中，眼前忽然出現一棟奇形怪狀的「霍爾的移動城堡」……。

正視看不見的事物

世界的均衡逐漸瓦解。格得為探索災難的源頭踏上旅程，途中遇見離開王宮四處流浪的亞刃王子。心裡藏著陰暗面的少年一直受到不明「黑影」的追逼。──發生在世界各地的災難背後都有個被稱作蜘蛛的男人。這男人極度害怕死亡，是名曾經敗在格得手下的巫師。

[P.50~ P.51]
地海戰記
（港譯：地海傳說）

公開放映：2006年7月29日
原著：Ursula Kroeber Le Guin
編劇、導演：宮崎吾朗

能生在這個世界真好

海邊小鎮的崖上有戶人家，住著一個五歲的小男孩宗介。有一天，宗介遇到小金魚波妞。波妞喜歡上宗介。宗介也喜歡波妞。可是，放棄當人、住到海底的父親藤本卻把波妞帶回海裡。想變成人類的波妞偷出父親的魔法，再次邁向有宗介在的世界……。

[P.52~57]
崖上的波妞
（港譯：崖上的波兒）

公開放映：2008年7月19日
原著、編劇、導演：宮崎駿

不能被人類發現

將滿十四歲的小矮人少女艾莉緹與父親、母親三人偷偷在老房子的地板底下過生活。他們會一點一點地「借走」自己生活所需的物品，以免住在地板上方的老婦人等人發覺。有一年夏天，十二歲的男孩小翔為了養病來到這間老房子。而且小翔發現了艾莉緹……。

[P.58]
借物少女艾莉緹
（港譯：借東西的小矮人亞莉亞蒂）

公開放映：2010年7月17日
原著：Kathleen Mary Norton
企畫、編劇：宮崎駿
編劇：丹羽圭子
導演：米林宏昌

公主犯下的罪與罰

砍伐竹子的老翁發現一株會發光的竹子，從中誕生出的小女嬰輝耀姬，其實是從月亮來到地球，是月亮上的人。她為何來到地球？在地球上有何思索？又為何必須回去月亮呢？這是人類、輝耀姬的真實物語。

[P.59]
輝耀姬物語

公開放映：2013年11月23日
原案、編劇、導演：高畑勳
編劇：坂口理子

吉卜力工作室的
各式各樣的生物
2021年5月5日初版第一刷發行

監　　修　吉卜力工作室
編　　者　德間書店童書編輯部
譯　　者　鍾嘉惠
編　　輯　吳元晴
美術編輯　黃郁琇
發 行 人　南部裕
發 行 所　台灣東販股份有限公司
　　　　　＜網址＞http://www.tohan.com.tw
法律顧問　蕭雄淋律師
香港發行　萬里機構出版有限公司
　　　　　＜地址＞香港北角英皇道499號北角工業大廈20樓
　　　　　＜電話＞（852）2564-7511
　　　　　＜傳真＞（852）2565-5539
　　　　　＜電郵＞info@wanlibk.com
　　　　　＜網址＞http://www.wanlibk.com
　　　　　　　　　http://www.facebook.com/wanlibk
香港經銷　香港聯合書刊物流有限公司
　　　　　＜地址＞香港荃灣德士古道220-248號
　　　　　　　　　荃灣工業中心16樓
　　　　　＜電話＞（852）2150-2100
　　　　　＜傳真＞（852）2407-3062
　　　　　＜電郵＞info@suplogistics.com.hk
　　　　　＜網址＞http://www.suplogistics.com.hk